탈출기

아시아에서는 《바이링궐 에디션 한국 대표 소설》을 기획하여 한국의 우수한 문학을 주제별로 엄선해 국내외 독자들에게 소개합니다. 이 기획은 국내외 우수한 번역가들이 참여하여 원작의 품격을 최대한 살렸습니다. 문학을 통해 아시아의 정체성과 가치를 살피는 데 주력해 온 아시아는 한국인의 삶을 넓고 깊게 이해하는 데 이 기획이 기여하기를 기대합니다.

Asia Publishers presents some of the very best modern Korean literature to readers worldwide through its new Korean literature series 〈Bilingual Edition Modern Korean Literature〉. We are proud and happy to offer it in the most authoritative translation by renowned translators of Korean literature. We hope that this series helps to build solid bridges between citizens of the world and Koreans through a rich in-depth understanding of Korea.

바이링궐 에디션 한국 대표 소설 088

Bi-lingual Edition Modern Korean Literature 088

Escape

최서해
탈출기

Ch'oe So-hae

ASIA
PUBLISHERS

Contents

탈출기

Escape

1

김 군! 수삼 차 편지는 반갑게 받았다. 그러나 나는 한 번도 화답치 못하였다. 물론 군의 충정에는 나도 감사를 드리지만 그 충정을 나는 받을 수 없다.

—박 군! 나는 군의 탈가(脫家)[1]를 찬성할 수 없다. 음험한 이역에 늙은 어머니와 어린 처자를 버리고 나선 군의 행동을 나는 찬성할 수 없다. 박 군! 돌아가라. 어서 집으로 돌아가라. 군의 부모와 처자가 이역 노두[2]에서 방황하는 것을 나는 눈앞에 보는 듯싶다. 그네들의

1

Kim! I was glad to receive your letters, though I had not been able to reply to any of them. I'm grateful for your loyalty, of course, but I cannot accept your advice.

Pak! I cannot approve of your leaving home. I cannot approve of your deserting your aging mother, your young wife, and your child in a hostile foreign land. Pak! Go back! Make haste! I can just see your family wandering the streets of a foreign land. Only in your arms will they find rest. You have a responsibility to save them. You are the pillar of your household. Can a house stand without a

의지할 곳은 오직 군의 품밖에 없다. 군은 그네들을 구하여야 할 것이다.

군은 군의 가정에서 동량(棟梁)[3]이다. 동량이 없는 집이 어디 있으랴? 조그마한 고통으로 집을 버리고 나선다는 것이 의지가 굳다는 박 군으로서는 너무도 박약한 소위이다. 군은 ××단에 몸을 던져서 ×선에 섰다는 말을 일전 황군에게서 듣기는 하였으나 그렇다 하여도 나는 그것을 시인할 수 없다. 가족을 못 살리는 힘으로 어찌 사회를 건지랴.

박 군! 나는 군이 돌아가기를 충정으로 바란다. 군의 가족이 사람들 발 아래서 짓밟히는 것을 생각할 때 군의 가슴인들 어찌 편하랴.

김 군! 군은 이러한 말을 편지마다 썼지? 나는 군의 뜻을 잘 알았다. 내 사랑하는 나의 가족을 위하여 동정하여주는 군에게 내 어찌 감사치 않으랴? 정다운 벗의 충고에 나는 늘 울었다. 그러나 그 충고를 들을 수 없다. 듣지 않는 것이 군에게는 고통이 되는지 분노가 되는지? 나에게 있어서는 행복일는지도 알 수 없는 까닭이다.

김 군! 나도 사람이다. 정애(情愛)가 있는 사람이다. 나

pillar? Abandoning home for the sake of avoiding a little pain—this is too cowardly for such a resolute man as yourself. I heard from Hwang that you've joined the XX regiment and gone off to the X frontier, but I still can't believe it. How can someone save society when he can't save his own family?

Pak, I hope with all my heart that you'll go back. When you think of your family being trampled under the feet of others, you must surely find it difficult to set your conscience at ease.

You wrote the same thing every letter, Kim. I appreciate your good intentions. How can I not be grateful for your sympathy toward my beloved family? A close friend's rebuke always brings tears to my eyes. But I cannot follow your advice. Will you be hurt and offended? All I can say is that my wayward path may still lead to happiness.

Kim, I'm human, too. I have a heart. How can I not be upset about the degradation of my family, who is as precious to me as my own life? No one could fathom even a thousandth of my pain.

I'll tell you my reason for leaving my family. Whether you sympathize or not, that's your choice. I'm simply telling you everything as it is. For I have an irrepressible urge to explain myself, if not to

의 목숨 같은 내 가족이 유린받는 것을 내 어찌 생각지 않으랴? 나의 고통을 제삼자로서는 만분의 일이라도 느낄 수 없을 것이다.

나는 이제 나의 탈가한 이유를 군에게 말하고자 한다. 여기 대하여 동정(同情)과 비난(非難)은 군의 자유이다. 나는 다만 이러하다는 것을 군에게 알릴 뿐이다. 나는 이것을 군이 아니면 다른 사람에게라도 알리지 않고는 견딜 수 없는 충동을 받는 까닭이다.

그러나 나는 단언한다. 군도 사람이거니 나의 말하는 것을 부인치는 못하리라.

2

김 군! 내가 고향을 떠난 것은 오 년 전이다. 이것은 군도 아는 사실이다. 나는 그때에 어머니와 아내를 데리고 떠났다. 내가 고향을 떠나 간도로 간 것은 너무도 절박한 생활에 시든 몸이 새 힘을 얻을까 하여 새 희망을 품고 새 세계를 동경하여 떠난 것도 군이 아는 사실이다.

—간도는 천부금탕[4]이다. 기름진 땅이 흔하여 어디를

you, then to anyone who will listen.

But I swear to you—human as you are, you won't be able to deny what I say.

2

It was five years ago that I left my native village. This you know well, Kim. At that time, I set off with my wife and mother. You know that I went to Chientao, full of fresh hope and longing for a new world—a world where I could replenish my body and soul, which had long been withering away in my all too impoverished existence.

They say Chientao is a promised land. Wherever you go, there's always fertile land to plow. Farming yields abundant rice, and rich forests allay all worries about firewood. And so I'll sow seeds in the fields, keep my belly full, and my house warm. I'll build a small cabin, read books, teach illiterate peasants, and found a utopian community. In this way, I'll cultivate the great expanse of Chientao.

Thus I envisioned my new life as I set off for Chientao. How elated I felt then! Crossing the Tumen River along the Barbarian Ridge, I looked across a boundless plain and saw mountains and

가든지 농사를 지을 수 있고 농사를 잘 지으면 쌀도 흔할 것이다. 삼림이 많으니 나무 걱정도 될 것이 없다.

농사를 지어서 배불리 먹고 뜨뜻이 지내자. 그리고 깨끗한 초가나 지어놓고 글도 읽고 무지한 농민들을 가르쳐서 이상촌을 건설하리라. 이렇게 하면 간도의 황무지를 개척할 수도 있다.

이것이 간도 갈 때의 내 머릿속에 그렸던 이상이었다. 이때에 나는 얼마나 기뻤으랴! 두만강을 건너고 오랑캐령을 넘어 망망한 평야와 산천을 바라볼 때 청춘의 내 가슴은 이상의 불길에 탔다. 구수한 내 소리와 헌헌[5]한 내 행동에 어머니와 아내도 기뻐하였다.

오랑캐령에 올라서니 서북으로 쏠려오는 봄 세찬 바람이 어떻게 뺨을 갈기는지.

"에그 칩구나[6]! 여기는 아직도 겨울이로구나."

어머니는 수레 위에서 이불을 뒤집어썼다.

"무얼요, 이 바람을 많이 맞아야 성공이 올 것입니다."

나는 가장 씩씩하게 말하였다. 이처럼 나는 기쁘고 활기로웠다.

streams in the distance, and my heart was afire with idealism. My stirring tales and high spirits enchanted my wife and mother as well.

As we climbed to the top of the ridge, a spring gust from the northwest lashed our cheeks.

"Goodness gracious! It's still winter here," said my mother, sitting in the cart. She pulled her quilt over her head.

"Why, we should breathe in the wind for success," I said with enthusiasm. I was so excited and lively, then.

3

But my ideal came to naught, Kim. Before the first month had passed in Chientao, tumultuous waves were crashing down relentlessly upon our three souls.

I searched for land to till. There was no free land. Unless you paid for it, not even an acre was to be had. You could become a tenant on Chinese land, paying rent either through a predetermined amount of rice or a certain percentage of the harvest. Still, as a tenant, by the end of the first year, you wouldn't even be in a position to pay back the debt on the

3

김 군! 그러나 나의 이상은 물거품에 돌아갔다. 간도 들어서서 한 달이 못 되어서부터 거친 물결은 우리 세 생령(生靈)의 앞에 기탄없이 몰려왔다.

나는 농사를 지으려고 밭을 구하였다. 빈 땅은 없었다. 돈을 주고 사기 전에는 한 평의 땅이나마 손에 넣을 수 없었다. 그렇지 않으면 지나인(支那人)의 밭을 도조[7]나 타조[8]로 얻어야 된다. 일 년 내 중국 사람에게서 양식을 꾸어 먹고 도조나 타조를 지으면 가을 추수는 빚으로 다 들어가고 또 처음 꼴이 된다. 그러나 농사라고 못 지어본 내가 도조나 타조를 얻는대야 일 년 양식 빚도 못 될 것이고 또 나 같은 시로도[9]에게는 밭을 주지 않았다.

생소한 산천이요, 생소한 사람들이니, 어디 가 어쩌면 좋을는지? 의논할 사람도 없었다. H라는 촌 거리에 셋방을 얻어가지고 어름어름하는 새에 보름이 지나고 한 달이 넘었다. 그새에 몇 푼 남았던 돈은 다 부러먹고[10] 밭은 고사하고 일자리도 못 얻었다.

provisions borrowed from the Chinese landlord. Not that this mattered, as no one was willing to rent land to a novice like me anyway.

Since the place was new to me and the people were strangers, there was nobody to whom I could turn for advice on where to go or what to do. While I procrastinated in a rented room in a town called H, two weeks passed, then a month. Meanwhile, I wasn't able to secure so much as a job, let alone land, and what small amount of my fortune remained was frittered away. Finally, I rolled up my sleeves and set off to look for something to do. Wandering from house to house, I fixed ondol floors and installed stoves. In this way, I scraped together a living. Soon I was known as "the ondol fixer" in the town. I couldn't even change out of my sooty clothes, for we had no clothes to spare.

H was a small town. There weren't always ondol to fix. I could not survive on this job alone. I also cut hay for sale and picked weeds on scorching summer days. To help make ends meet, my wife and mother worked as hired hands at a mill and went down to the riverside to gather tinder.

From that period on, Kim, I began to experience the terrible affliction that can befall a human being.

나는 팔을 걷고 나섰다. 이리저리 돌아다니면서 구들도 고쳐주고 가마도 붙여주었다. 이리하여 호구하게 되었다. 이때 H장에서는 나를 온돌쟁(구들 고치는 사람)이라고 불렀다. 갈아입을 의복이 없는 나는 늘 숯검정이 꺼멓게 묻은 의복을 벗을 새가 없었다.

H장은 좁은 곳이다. 구들 고치는 일도 늘 있지 않다. 그것으로 밥 먹기는 어려웠다. 나는 여름 불볕에 삯김도 매고 꼴도 베어 팔았다. 그리고 어머니와 아내는 삯방아 찧고 강가에 나가서 부스러진 나뭇개비를 주워서 겨우 연명하였다.

김 군! 나는 이때부터 비로소 무서운 인간고(人間苦)를 느꼈다. 아아, 인생이란 과연 이렇게도 괴로운 것인가? 하는 것을 나는 생각하게 되었다. 나는 나에게 닥치는 풍파 때문에 눈물 흘린 일은 이때까지 없었다. 그러나 어머니가 나무를 줍고 젊은 아내가 삯방아를 찧을 때! 나의 피는 끓었으며 나의 눈은 눈물에 흐려졌다.

"에구, 차라리 내가 드러누워 앓고 있지, 네 괴로워하는 꼴은 차마 못 보겠다."

이것은 언제 내가 병들어 신음할 때에 어머니가 울면

I became ever more amazed at how painful life can be. I have never shed tears over my own hardships, but when my mother collected tinder or my young wife worked as a day laborer, my eyes clouded over and my blood boiled.

"Good God," my mother once exclaimed in tears, as I lay groaning in bed, "I would rather be ill myself than watching you suffer like this." I didn't take any particular notice of her words right then, but now I understand the truth in them.

Time and again, I would strike my chest, "I can take my own scabs and battered bones, but I can't bear to see my wife and mother starving and despised." Day and night, through wind and rain, I toiled at all kinds of sundry jobs—weeding, chopping wood, running other people's errands.

"You must be hungry again today. You ate so little for breakfast," my mother would say in a tearful voice, as I returned home late after a day's work. "If only I could live to see you getting by without starving, I'd be able to rest in peace in the next world."

"Who says I'm hungry?" I replied, blithely.

My wife was a woman of few words. She was gentle and quietly obeyed me, no matter what I

서 하신 말씀이다. 이것을 무심히 들었던 나는 이때에야 이 말의 참뜻을 느꼈다.

"아아, 차라리 나의 고기가 찢어지고 뼈가 부서지는 것은 참을 수 있으나, 내 눈앞에서 사랑하는 늙은 어머니나 아내가 배를 주리고 남의 멸시를 받는 것은 참으로 견디기 어렵구나!"

나는 이렇게 여러 번 가슴을 쳤다. 나는 밤이나 낮이나, 비 오나 바람이 치나 헤아리지 않고 삯김, 삯심부름, 삯나무, 무엇이든지 가리지 않았다.

"오늘도 배고프겠구나. 아침도 변변히 못 먹고. 나는 너 배 주리잖는 것을 보았으면 죽어도 눈을 감겠다."

내가 삯일을 하다가 늦게 돌아오면 어머니는 우실 듯이 말씀하셨다. 그러나 나는 흔연하게,

"배는 무슨 배가 고파요."

대답하였다.

내 아내는 늘 별말이 없었다. 무슨 일이든지 시키는 대로 소곳하고 아무 소리 없이 순종하였다. 나는 그것이 더욱 불쌍하게 생각되었다. 나는 어머니보다도 아내 보기가 퍽 부끄러웠다.

told her to do. I pitied her all the more for this. I felt more ashamed before my wife than before my mother.

"Why did I ever marry when I had no means to support even myself?" I sometimes regretted my marriage, which had been arranged by my parents. And the more I felt this way, the more I was sorry for my wife and felt grateful to her.

"What must I do to survive?..." The thought tormented me. The proverb "Blessed are the meek" seemed an outright lie. Until then, I had believed firmly in the supreme truth of this maxim, but I gradually came to doubt it and eventually dismissed it altogether.

As for diligence, how could anyone be more diligent than we were? And as for honesty, could there be any family more honest than my own? Yet our poverty grew worse with each passing day. At times, we would go without a morsel of food for two or three days straight. Once, returning home hungry after two futile days of searching for work, I saw my wife—her pregnant belly as big as a mountain—nibbling at something in front of the kitchen. Surprised, she quickly threw into the stove whatever it was that she had in her hand. A feeling

"경제의 자립도 못 되는 내가 왜 장가를 들었누?"

이것이 부모의 한 일이건만 나는 이렇게도 탄식하였다. 그럴수록 아내에게 대하여 황공하였고 존경하였다.

어떻게 하면 살 수 있을까?…… 이러한 생각은 이때 내 머리를 몹시 때렸다. 이때 나에게는 부지런한 자에게 복이 온다 하는 말이 거짓말로 생각되었다. 그 말을 지상의 격언으로 굳게 믿어온 나는 그 말에 도리어 일종의 의심을 품게 되었고 나중은 부인까지 하게 되었다.

부지런하다면 이때 우리처럼 부지런함이 어디 있으며 정직하다면 이때 우리 식구같이 정직함이 어디 있으랴? 그러나 빈곤은 날로 심하였다. 이틀 사흘 굶은 적도 한두 번이 아니었다. 한 번은 이틀이나 굶고 일자리를 찾다가 집으로 들어가니 부엌 앞에 앉았던 아내가 (아내는 이때에 아이를 배서 배가 남산만 하였다) 무엇을 먹다가 깜짝 놀란다. 그리고 손에 쥐었던 것을 얼른 아궁이에 집어넣는다. 이때 불쾌한 감정이 내 가슴에 떠올랐다.

'무얼 먹을까? 어디서 무엇을 얻었을까? 무엇이길래 어머니와 나 몰래 먹누? 아! 예편네란 그런 것이로구나! 아니 그러나 설마…… 그래도 무엇을 먹던데…….'

of bitterness rose in my heart.

What was she eating? Where did she get it? What food has she been hiding from us? So! That's a wife for you! But could she really... yet she was eating something... I was suspicious and resentful and even hated my wife at that moment. She stood there silently for a while, taking deep breaths, her head hanging awkwardly. At last she went out. She looked flustered.

After she left, I rummaged through the stove to find out what she had been eating. Poking at the cold ash with a stick, I spotted something reddish. I picked it up. It was a tangerine peel. It had teeth-marks in it. My hand, holding the tangerine peel, trembled, and my eyes, looking at the teeth-marks, filled with tears.

Kim! How can I adequately express what I felt then? How hungry must she have been, my pregnant wife, to chew on an orange peel that had been thrown away on the street! Oh, I'm such a bastard! How could I suspect my wife? What kind of an animal would bear a grudge against a wife like her? Can any man be more callous than that? How can I face her now with a clean conscience? At these thoughts, I shed tears and choked back a

나는 이렇게 아내를 의심도 하고 원망도 하고 밉게도 생각하였다. 아내는 아무 말 없이 어색하게 머리를 숙이고 앉아서 씩씩 하다가 밖으로 나간다. 그 얼굴은 좀 붉었다.

아내가 나간 뒤에 나는 아내가 먹다가 던진 것을 찾으려고 아궁이를 뒤졌다. 싸늘하게 식은 재를 막대기로 뒤져내니 벌건 것이 눈에 띄었다. 나는 그것을 집었다. 그것은 귤껍질[橘皮]이다. 거기는 베먹은 잇자국이 났다. 귤껍질을 쥔 나의 손은 떨리고 잇자국을 보는 내 눈에는 눈물이 괴었다.

김 군! 이때 나의 감정을 어떻게 표현하면 적당할까?

'오죽 먹고 싶었으면 오죽 배고팠으면, 길바닥에 내던진 귤껍질을 주워 먹을까! 더욱 몸 비잖은[11] 그가! 아아, 나는 사람이 아니다. 그러한 아내를 나는 의심하였구나! 이놈이 어찌하여 그러한 아내에게 불평을 품었는가? 나 같은 간악한 놈이 어디 있으랴. 내가 양심이 부끄러워서 무슨 면목으로 아내를 볼까?'

이렇게 생각하면서 나는 느껴가며 눈물을 흘렸다. 귤껍질을 쥔 채로 이를 악물고 울었다.

sob.

"Why are you crying? Pull yourself together. We'll live to see better times. It won't always be like this."

Someone was tapping on my shoulder. I knew that it was my mother.

Oh, mother, I'm such an awful son—I wanted to cry on and on, clutching my mother's arm. But instead I hardened my heart and left her without a word.

"Why am I crying? What good is it to cry? Let's live! Live! Live no matter what it takes! My wife and mother, they must live, too. So long as I'm alive, let's work!"

I ground my teeth and clenched my fists. But the tears kept flowing. My wife approached while I was crying silently and, fingering the string tie of her skirt, began to cry herself. My wife, who had been raised on a farm, was so shy that she could do no more than join me in tears, not knowing any words to console me.

4

The summer did not last long, Kim.

A wind blew in from the west, and with it the first

"야, 어째 우느냐? 일어나거라. 우리도 살 때 있겠지, 늘 이러겠느냐."

하면서 누가 어깨를 친다. 나는 그것이 어머니인 것을 알았다.

"아이구 어머니, 나는 불효외다."

하면서 어머니의 팔을 안고 자꾸자꾸 울고 싶었다. 그러나 나는 아무 소리 없이 가슴을 부둥켜안고 밖으로 나갔다.

"내가 왜 우누? 울기만 하면 무엇 하나? 살자! 살자! 어떻게든지 살아보자! 내 어머니와 내 아내도 살아야 하겠다. 이 목숨이 있는 때까지는 벌어보자!"

나는 이를 갈고 주먹을 쥐었다. 그러나 눈물은 여전히 흘렀다. 아내는 말없이 울고 서 있는 내 곁에 와서 손으로 치마끈을 만지작거리며 눈물을 떨어뜨린다. 농삿집에서 길러난 아내는 지금도 어찌 수줍은지 내가 울면 같이 울기는 하여도 어떻게 말로 위로할 줄은 모른다.

frost. The cold cruelly menaced our poorly clad bodies. In the fall, I began to peddle codfish. I would buy ten codfish for three won and carry them to the surrounding villages, looking to exchange them for soybeans. I could carry ten fish on the trip out, but not fifty gallons of beans back. So for three days, I had to go back and forth over a distance of ten miles carrying ten gallons at a time. With the beans in hand, we started to make tofu to sell. My wife and I turned the millstone all day long, our arms aching so much that they seemed ready to fall off.

While I suffered a great deal, how much more painful it must have been for my wife, who had given birth to a child just a short time before. Her face was always swollen. Still, whenever I felt a need to complain, I cursed her. I'd regret doing so immediately afterward. In our tiny kitchen, in addition to the wood pile and hanging clothes, we'd installed a stove and brought in a millstone. Thus there was little room for anyone to sit. The rising steam caused tears in the paper windows and dampened the walls. Everything was soggy, so that it felt as if we were sitting in lukewarm water fully clothed. Sometimes, the bean-curd dregs, which

4

김 군! 세월은 우리를 위하여 여름을 항상 주지 않았다.

서풍이 불고 서리가 내리기 시작하였다. 찬 기운은 헐벗은 우리를 위협하였다. 가을부터 나는 대구어(大口魚) 장사를 하였다. 삼 원을 주고 대구 열 마리를 사서 등에 지고 산골로 다니면서 콩[大豆]과 바꾸었다. 난 대구 열 마리는 등에 질 수 있었으나 대구 열 마리를 주고 받은 콩 열 말은 질 수 없었다. 나는 하는 수 없이 삼사십 리나 되는 곳에서 두 말씩 두 말씩 사흘 동안이나 져[負]왔다. 우리는 열 말 되는 콩을 자본(資本) 삼아 두부(豆腐) 장사를 시작하였다.

아내와 나는 진종일 맷돌질을 하였다. 무거운 맷돌을 돌리고 나면 팔이 뚝 떨어지는 듯하였다. 내가 이렇게 괴로울 적에 해산(解産)한 지 며칠 안 되는 아내의 괴로움이야 어떠하였으랴? 그는 늘 낯이 부석부석하였다. 그래도 나는 무슨 불평이 있는 때면 아내를 욕하였다. 그러나 욕한 뒤에는 곧 후회하였다.

we took such pains to grind, turned sour from the steam. As the soymilk boiled over in the pot, we were relieved if a butter-colored, yellowish grease started to curdle on the surface. But if the liquid turned whitish, with no grease, my wife's face, her eyes fixed on the pot, would lose all its color. If after a sprinkle of vinegar, we still failed to produce any curd, we'd be devastated.

"It went sour again!" said my mother in a tearful voice. "What are we going to do?" She was staring at the boiling liquid, a crying, hungry baby in her arms. When something like this happened, the atmosphere in the whole house turned bitter, and we were engulfed in grief, desolation, and inexpressible sorrow.

"After all your hard work! Grinding till your arm aches ... I was really hoping to buy food with the money from the tofu..." My mother burst into tears and struck her breast.

My wife's head hung low; she seemed to be crying as well. A tofu sale never brought in any great amount. At best, twenty to thirty chon. We survived on that money. My mother was weeping over that twenty to thirty chon, and my wife's spirit was broken. I, too, was apprehensive.

콧구멍만 한 부엌방에 가마를 걸고 맷돌을 놓고 나무를 들이고 의복가지를 걸고 하면 사람은 겨우 비비고 들어앉게 된다. 뜬 김에 문창은 떨어지고 벽은 눅눅하다. 모든 것이 후줄근하여 의복을 입은 채 미지근한 물속에 들어앉은 듯하였다. 어떤 때는 애써 갈아놓은 비지가 이 뜬 김 속에서 쉬어버린다. 두부물이 가마에서 몹시 끓어 번질 때에 우윳(牛乳)빛 같은 두부물 위에 빠다빛 같은 노란 기름이 엉기면 (그것은 두부가 잘 될 징조다) 우리는 안심한다. 그러나 두부물이 희멀끔해지고 기름기가 돌지 않으면 거기만 시선(視線)을 쏘고 있는 아내의 낯빛부터 글러가기 시작한다. 초를 쳐보아서 두부발이 서지 않게 매캐지근하게[12] 풀려질 때에는 우리의 가슴은 덜컥 한다.

"또 쉰 게로구나! 저를 어쩌누?"

젖을 달라고 빽빽 우는 어린아이를 안고 서서 두부물만 들여다보시는 어머니는 목멘 말씀을 하시면서 우신다. 이렇게 되면 온 집안은 신산[13]하여 말할 수 없는 울음, 비통, 처참, 소조(蕭條)[14]한 분위기에 싸인다.

"너 고생한 게 애닯구나! 팔이 부러지게 갈아서……

On such days, we dined on sour soymilk. The child screamed all night long for breast milk. In our household, having a child was only a burden.

5

Whether we liked it or not, we had no choice but to try once more to make tofu. This time, though, we ran out of firewood. I left the house with a sickle. On such occasions, my wife, still weak from childbirth, would follow me out, a sickle in her hand. My mother and I would try to stop her, but she wouldn't listen. I had to cut my own wood in secret. If the owner of the forest caught me, I'd be severely punished. So we went to the forest at sunset and returned with wood late at night. My wife carried her bundle on her head, while I kept mine on my back. We descended the mountainside together in the dark. Each time my foot slipped or I stumbled on a stone, I fell backward onto my bundle of wood. As I struggled under the weight of the wood, my wife quietly put down her load and helped pull me to my feet. But after I managed to stand up with my load, my wife wasn't able to set hers back on her head. And when I put down my

그거(두부) 팔아서 장을 보려고 태산같이 바랐더니……."

어머니는 그저 가슴을 뜯으면서 운다. 아내도 울듯울듯이 머리를 숙인다. 그 두부를 판대야 큰돈은 못 된다. 기껏 남는대야 이십 전이나 삼십 전이다. 그것으로 우리는 호구를 한다. 이십 전이나 삼십 전에 어머니는 운다. 아내도 기운이 준다. 나까지 가슴이 바짝바짝 조인다.

그날은 하는 수 없이 쉰 두부물로 때를 에우고[15] 지낸다. 아이는 젖을 달라고 밤새껏 빽빽거린다. 우리의 살림에는 어린것도 귀찮았다.

5

울면서 겨자 먹기로 괴로운 대로 또 두부를 하지 않으면 안 된다. 그러나 이번에는 땔나무가 없다. 나는 낫[鎌]을 들고 떠난다. 내가 낫을 들고 떠나면 산후여독(産後餘毒)으로 신음하는 아내도 낫을 들고 말없이 나를 따라 나선다. 어머니와 나는 굳이 만류하나 아내는 듣지 않는다.

bundle to help her, I couldn't lift mine again. With no one else to help, I set down my load on a large rock and helped her.

After we managed to climb down the mountain slope, we saw my mother, shivering with our child on her back. Who knows how long she'd been waiting at the foot of the mountain.

"At last! I was so worried that you'd been caught again."

My heart ached whenever she said such things. I'd been taken to the police station and beaten up several times already.

Whenever this happened, our neighbors would mock us, and the Chinese police would treat us as criminals.

"Scum! Don't they have anything better to do? What an ugly sight—no job, peddling tofu, and look at those jaundiced eyes! You'd have to have no guts to live like that."

Thus the neighbors sneered at us. And when any forest owner reported missing wood, the police searched my house first, before any inquiry, and beat me during the interrogation. I had no one to whom I could appeal.

내 손으로 하는 나무이건만 마음 놓고는 못 한다. 산 임자에게 들키면 여간한 경을 치지 않는다. 그러므로 우리는 황혼이면 산에 가서 도적나무를 하여 지고 밤이 깊어서 돌아온다. 아내는 이고 나는 지고 캄캄한 밤에 산비탈로 내려오다가 발이 미끄러지거나 돌에 차이면 나는 곤두박질을 하여 나뭇짐 속에 든다. 아내는 소리 없이 이었던 나무를 내려놓고 나뭇짐에 눌려서 버둥거리는 나를 겨우 끄집어 일으킨다. 그러나 내가 나뭇짐을 지고 일어나면 아내는 혼자 나뭇단을 이지 못한다. 또 내가 나뭇짐을 벗고 아내에게 이어주면 나는 추어주는 이 없이는 나뭇짐을 질 수가 없다. 하는 수 없이 나는 어떤 높은 바위에 벗어놓고 (후에 지기 편하도록) 아내에게 이어준다. 이리하여 산비탈을 내려오면, 언제 왔는지 어머니는 애를 업고 우들우들 떨면서 산 아래서 기다리시다가도,

"인제 오니? 나는 너 또 붙들리지나 않는가 하여 혼이 났다."

하신다. 이때마다 내 가슴은 저렸다. 나는 이렇게 나무 도적질을 하다가 중국 경찰서에까지 잡혀가서 여러 번

6

The winter was fast approaching, Kim, and with it cold and hunger. Still no job... But I couldn't just sit by and do nothing. I couldn't just watch my whole family starve, their skin turning blue from the cold. I was in such a desperate situation that there seemed to be nothing left to do but grab a sharp knife and stab my whole family to death, if only to spare us one more day of misery; or commit a robbery, so as to ease the cold and hunger.

The less work I had and the more hardship was anticipated, the more anxiety overcame me. Some days, I would close my eyes and remain deep in thought, as if in a trance. It was during those days that an idea began to take shape in my mind. In hindsight, it was this idea that determined the future course of my destiny.

This idea did not come from anyone else's teachings, nor did it arise through a deliberate act of my will. Like sprouts in spring, it grew ever larger in my mind.

I have been faithful to the world thus far. I have always tried to remain true. Tried to live by my own earnest efforts, even if that meant my wife and mother had to suffer

맞았다.

이때 이웃에서는 우리를 조소하고 경찰서에서는 우리를 의심하였다.

"흥, 신수가 멀쩡한 연놈들이 그 꼴이야, 어디 가 일자리도 구하지 않구. 그 눈이 누래서 두부 장사 하는 꼬락서니는 참 더러워서 못 보겠네, 불알을 달고 나서 그렇게야 살리?"

이것은 이웃 남녀가 비웃는 소리였다. 그리고 어떤 산임자가 나무 잃은 고발을 하면 경찰서에서는 불문곡직하고 우리 집부터 수색하고 질문하면서 나를 때린다. 그러나 나는 호소할 것이 없었다.

6

김 군! 이러구러 겨울은 점점 깊어가고 기한(飢寒)은 점점 박두하였다. 일자리는 없고…… 그렇다고 손을 털고 앉았을 수는 없었다. 모든 식구가 퍼러퍼래서[16] 굶고 앉은 꼴을 나는 그저 볼 수 없었다. 시퍼런 칼이라도 들고 하루라도 괴로운 생을 모면하도록 그네들을 쿡쿡

broken bones and torn flesh. But the world betrayed us. It has not respected our good faith. We have been insulted, scorned, and abused. We have been living an illusion up till now. I hadn't realized that the world not only permits but condones the tyrannical, the deceitful, and the wicked. It's not only us, but everyone in the world, who seems blind to this. I have been in a drunken stupor till now. We have been living not as ourselves, but as the victims of a brutal system.

Kim, I don't blame people. But I can't ignore those who are drunken of an evil potion and remain unaware of what is really going on, even as they eke out a blood offering through their own toil. And so I cannot let a system like this continue, one which condones and protects the deceitful, the wicked, the depraved, and the idle.

In this environment, no matter how hard we work, we will never taste the joys of life. Even were we to manage to survive somehow, all that we would pass on to our children would be the spirit of a life spent waiting for death. Even now, I can't hold back my sorrow and indignation when I think of the future awaiting my young child, now crying in his mother's arms. If I remain in this condition (which is all but inevitable), he will end up

찔러 없애고 나까지 없어지든지, 그렇지 않으면 칼을 들고 나서서 강도질이라도 하여서 기한을 면하든지 하는 수밖에는 더 도리가 없게 절박하였다. 나는 일이 없으면 없느니만치, 고통이 닥치면 닥치느니만치 내 번민은 컸다. 나는 어떤 날은 거의 얼빠진 사람처럼 눈을 감고 깊은 생각에 잠긴 일도 있었다.

이때 내 머릿속에서는 머리를 움실움실 드는 사상이 있었다(오늘날에 생각하면 그것은 나의 전 운명을 결정할 사상이었다).

그 생각은 누구의 가르침에 일어난 것도 아니거니와 일부러 일으키려고 애써서 일어난 것도 아니다. 봄 풀 싹같이 내 머릿속에서 점점 머리를 들었다.

―나는 여태까지 세상에 대하여 충실하였다. 어디까지든지 충실하려고 하였다. 내 어머니, 내 아내까지도…… 뼈가 부서지고 고기가 찢기더라도 충실한 노력으로 살려고 하였다. 그러나 세상은 우리를 속였다. 우리의 충실을 받지 않았다. 도리어 충실한 우리를 모욕하고 멸시하고 학대하였다.

우리는 여태까지 속아 살았다. 포악하고 허위스럽고

abandoned under a bridge or at somebody else's door, and never see the inside of a schoolhouse. Is it not heartrending to let a worthy life perish through no fault of its own? Am I not then to be held accountable for this crime?

Kim, I can't stand it any more. I must save my own life first. Up till now, I have been under hypnosis, a living corpse. Can someone who is himself already dead save others? For the salvation of my family, I must destroy those who would hypnotize me, those responsible for this brutal state of affairs.

I consider this fight to be an inherent human longing, the fulfillment of a man's life. I will take great satisfaction in it. I already feel a sense of elation. This idea has enabled me to escape from home, to join the XX troop, and to stand, day and night, wind or rain, on a frontier more dangerous than the edge of a precipice.

Kim, I repeat—I, too, am a man. I have a conscience. I knew that my family would fall deeper into misery from the day of my departure. I know well that they may end up starving to death in the snow or in a ditch somewhere, without even being fully aware that they're dying. For that reason, I can't look indifferently at the servants, male and female,

요사한 무리를 용납하고 옹호하는 세상인 것을 참으로 몰랐다. 우리뿐 아니라 세상의 모든 사람들도 그것을 의식치 못하였을 것이다. 그네들은 그러한 세상의 분위기에 취하였다. 나도 이때까지 취하였다. 우리는 우리로서 살아온 것이 아니라 어떤 험악한 제도의 희생자로서 살아왔다.

김 군! 나는 사람들을 원망치 않는다. 그러나 마주(魔酒)에 취하여 자기의 피를 짜 바치면서도 깨지 못하는 사람을 그저 볼 수 없다. 허위와 요사와 표독과 게으른 자를 옹호하고 용납하는 이 제도는 더욱 그저 둘 수 없다.

─이 분위기 속에서는 아무리 노력하여도 충실하여도 우리는 우리의 생(生)의 만족을 느낄 날이 없을 것이다. 어찌하여 겨우 연명을 한다 하더라도 죽지 못하는 삶이 될 것이요, 그 영향은 자식에게까지 미칠 것이다. 나는 어미 품속에서 빽빽 하는 어린것의 장래를 생각할 때면 애잡짤한[17] 감정과 분함을 금할 수 없다. 내가 늘 이 상태면(그것은 거의 정한 이치다) 그에게는 상당한 교양은 고사하고, 다리 밑이나 남의 집 문간에 버리게 될 터

from local households, nor at beggars wandering the streets.

Ah! When I imagine how my family might now be at this very moment, tears flow of their own accord, and I clutch my aching heart.

Yet I grind my teeth and clench my fists. I try not to shed tears or let grief weigh me down. It is already too late for tears, and to remain grief-stricken merely betrays our frailty. I am determined to endure any pain and battle onward.

This is the main reason for my leaving home, Kim. I do not intend to write even my family until I've accomplished my goal. Even if they die, even if I die...

I won't ever feel regret, even though I may well die without success. For I will have fulfilled my duty to our age and to our people.

Ah, Kim! I've said it all, yet my heart still bursts with emotion!

* *On the Eve of the Uprising and Other Stories from Colonial Korea* (2010), translated by Sunyoung Park in collaboration with Jefferson J.A. Gatrall. Ithaca, NY: Cornell East Asia Series Volume 149. Reprinted with permission from the publisher.

Translated by Sunyoung Park in collaboration with
Jefferson J.A. Gatrall

이니, 아! 삶을 받은 한 생령을 죄 없이 찌그러지게 하는 것이 어찌 애달프지 않으며 분치 않으랴? 그렇다 하면 그것을 나의 죄라 할까?

김 군! 나는 더 참을 수 없었다. 나는 나부터 살리려고 한다. 이때까지는 최면술에 걸린 송장이었다. 제가 죽은 송장으로 남(식구들)을 어찌 살리랴? 그러려면 나는 나에게 최면술을 걸려는 무리를, 험악한 이 공기의 원류를 쳐부수려고 하는 것이다.

나는 이것을 인간의 생의 충동(衝動)이며 확충(擴充)이라고 본다. 나는 여기서 무상의 법열(法悅)을 느끼려고 한다. 아니 벌써부터 느껴진다. 이 사상이 드디어 나로 하여금 집을 탈출케 하였으며, ××단에 가입케 하였으며, 비바람 밤낮을 헤아리지 않고 벼랑 끝보다 더험한 ×선에 서게 한 것이다.

김 군! 거듭 말한다. 나도 사람이다. 양심을 가진 사람이다. 애정을 가진 사람이다. 내가 떠나는 날부터 식구들은 더욱 곤경에 들 줄도 나는 알았다. 자칫하면 눈 속이나 어느 구렁에서 죽는 줄도 모르게 굶어 죽을 줄도 나는 잘 안다. 그러므로 나는 이곳에서도 남의 집 행랑

어멈이나 아범이며, 노두에 방황하는 거지를 무심히 보지 않는다. 아! 나의 식구도 그럴 것을 생각할 때면 자연히 흐르는 눈물과 뿌직뿌직 찢기는 가슴을 덮쳐잡는다.

그러나 나는 이를 갈고 주먹을 쥔다. 눈물을 아니 흘리려고 하며 비애에 상하지 않으려고 한다. 울기에는 너무도 때가 늦었으며 비애에 상하는 것은 우리의 박약을 너무도 표시하는 듯싶다. 어떠한 고통이든지 참고 분투하려고 한다.

김 군! 이것이 나의 탈가한 이유를 대략 적은 것이다. 나는 나의 목적을 이루기 전에는 내 식구에게 편지도 하지 않으려고 한다. 그네가 죽어도, 내가 또 죽어도…….

나는 이러다가 성공 없이 죽는다 하더라도 원한이 없겠다. 이 시대, 이 민중의 의무를 이행한 까닭이다.

아아, 김 군아! 말은 다하였으나 정은 그저 가슴에 넘치누나!

---

1) 일정한 조건이나 환경, 구속 따위에서 벗어나기 위하여 자기 집에서 나감.
2) 노두(路頭). 길거리.
3) 기둥과 들보를 아울러 이르는 말.

4) 천부금탕(天賦金湯). 본래부터 좋은 땅.

5) 헌헌(軒軒). 풍채가 당당하고 빼어나다.

6) 칩다. '춥다'의 방언(강원, 경상, 함경).

7) 도조(賭租). 남의 논밭을 빌려서 부치고 논밭을 빌린 대가로 해마다 벼로 내는 세.

8) 타조(打租). 수확량의 비율을 정하여놓고 소작료를 거두어들임.

9) 아마추어를 뜻하는 일본어.

10) 돈이나 재물을 헛되이 다 써버려 없애다.

11) 몸 비잖다. 임신하다.

12) 매캐지근하다. 연기나 곰팡이 냄새처럼 꼭 쏘는 냄새가 나는 듯하다.

13) 신산(辛酸). 세상살이가 힘들고 고생스럽다.

14) 고요하고 쓸쓸하다.

15) 에우다. 다른 음식으로 끼니를 때우다.

16) 퍼러퍼렇다. 시퍼렇다.

17) 애쫍짤하다. 가슴이 미어지듯 안타깝다(북한어).

* 작가 고유의 문체나 당시 쓰이던 용어를 그대로 살려 원문에 최대한 가깝게 표기하고자 하였다. 단, 현재 쓰이지 않는 말이나 띄어쓰기는 현행 맞춤법에 맞게 표기하였다.

《조선문단(朝鮮文壇)》, 1925

해설

Afterword

식민지 지식인의 탈가(脫家)에 대한
항소이유서

박현수 (문학평론가)

　「탈출기」는 식민지 지식인의 이상과 좌절, 그리고 새
로운 선택을 사실적으로 보여주는 최서해의 문제적인
소설이다. 이 작품이 혜성처럼 등장하였다고 한 김동인
의 평가에서 알 수 있듯이, 이 작품은 비참한 현실을 사
실적으로 묘사하여 당대의 독서계에 신선한 충격을 주
었다. 이 소설은 단편 중에서도 짧은 형식을 지녔지만
이러한 강렬한 인상 덕분에 한국 문학사에서 반드시 언
급되어야 할 작품의 하나가 되었다.

　「탈출기」는 '박 군'으로 불리는 '나'가 친구인 '김 군'에
게 보내는 편지글 형식의 소설이다. '김 군'은 어머니와
아내를 버리고 집을 나가버린 '나'를 비판하는 인물이

The Appeal Letter of a Run-away Colonial-Period Intellectual

Park Hyeon-su (literary critic)

"Escape" is a provocative short story by Ch'oe So-hae that realistically presents the ideals and frustrations of a colonial-period intellectual, as well as his new choice. Kim Tong-in describes this work as "emerging like a comet," illustrating how this short story's realistic depiction of the desolation of the time sent shock waves through the literary world. Although quite a short piece, "Escape" is a work that must be acknowledged in Korean literary history due to the strong impression it made on society upon publication.

"Escape" is written in an epistolary style—a letter written by Pak to his friend Kim. Kim is critical of

다. 그는 가족을 버리고 독립운동에 가담한 '나'의 행위를 가장의 기본적인 의무를 저버린 무책임한 행위로 판단한다. 이 소설은 '김 군'의 이런 판단과 비판에 대한 자기변명의 성격을 지닌다. 즉 이 작품은 일종의 문학적 항소이유서인 셈이다.

이야기는 5년 전으로 돌아간다. '나'는 식민지 지식인으로서 새로운 이상을 찾아 어머니와 아내를 데리고 간도에 간다. 당대에 그곳은 기름진 땅이 흔하여 어디를 가든지 농사를 지을 수 있는 천혜의 이상향으로 여겨졌다. 그는 그런 간도에서 풍족한 삶을 누리며 무지한 농민들을 가르쳐 이상촌을 건설하겠다는 이상에 부풀어 있었다.

그러나 그가 도착한 간도는 굶주림과 핍박만이 기다리는 곳이었다. 식민지의 억압과 약탈을 피하여 간 곳역시 또 다른 형태의 식민지일 뿐이었다. 그는 그곳에서 중국인 지주의 소작인 노릇을 하거나 온돌장이, 두부 장수로 겨우 연명해 나간다. 그러나 가난은 더욱 극한으로 치달을 뿐 해결의 기미가 보이지 않는다. 이런 비참한 삶의 한 단면을 절실하게 보여주는 삽화가 임신한 아내가 길거리에 버려진 귤껍질을 몰래 먹는 장면일

Pak's escape from home, leaving his wife and mother behind in the process. Although Pak joined the independence movement, Kim considers Pak's action irresponsible because he abandoned his duty as the head of household. This short story is Pak's justification of his own decision and actions. Therefore, we might call it a sort of a literary appeal letter.

The letter goes back five years to the time when Pak, a colonial-period intellectual, went to Jiandao with his mother and wife. At the time, Jiandao was considered a God-given utopia where fertile land could be found everywhere. As a result, Pak embarked on his journey to Jiandao with the dream of building an ideal village where he could enjoy an abundant farming life while teaching ignorant farmers.

However, once he arrived, Pak found only starvation and oppression waiting for his family. Although he chose to go there to avoid colonial oppression and exploitation, he found another form of colony in Jiandao. He could barely survive by farming as a tenant to Chinese landlords, working as a manual laborer, or selling tofu. Despite his hard work, there was no escape from this situation,

것이다. 이런 장면이 지니는 핍진성이 당대 다른 작품들에서 볼 수 없는 최서해만이 지닌 득의의 요소라 할 수 있다. 그 핍진성은 작가의 체험을 바탕으로 하기에 확보될 수 있었다.

'나'는 지식인으로서 이런 상황에서도 끊임없이 성찰을 하는 인물이다. 가지고 간 돈이 다 떨어져 막노동을 할 때는 "아아, 인생이란 과연 이렇게도 괴로운 것인가?"를 외치고, 아내가 고생하는 것을 보고는 "경제의 자립도 못 되는 내가 왜 장가를 들었누?" 하고 후회하고, 길거리에 버려진 귤껍질을 몰래 먹는 아내를 보고 자책하면서도 "울기만 하면 무엇하나? 살자! 살자! 어떻게든지 살아보자!"고 의지를 다지기도 한다. 그의 탈출은 바로 이러한 성찰 끝에 이루어진 행위이다. 편지 형식은 이런 성찰이 자연스럽게 호명한 형식일 것이다.

이 작품에서 성찰의 전개를 살펴보는 일은 작품을 이해하는 좋은 방법이 된다. 처음에 그는 생활고에 대한 단순한 반응으로서 가난에서 벗어나지 못하는 자신의 무능력에 대한 비탄만을 쏟아낸다. 그것은 철저히 개인적인 범주에서 이루어지는 자기 성찰이다. 그러나 그런 성찰이 반복되면서 그 범주에 변화가 생긴다. 소설에서

and his family's financial plight was ever worsening toward the extreme. This extreme destitution is illustrated in a scene where his pregnant wife picks up a tangerine skin from the street and eats it in secret. A poignantly realistic scene like this is unique to Ch'oe So-hae, and possible only because of his firsthand experience with such destitution.

Pak continues to reflect on his situation, even in such hopeless circumstances. When he is forced to turn to manual labor as his funds completely run out, he cries: "Ah, how tormenting human lives are!" As his wife suffers, he wonders: "Why did I marry when I don't have the ability to be financially independent?" Witnessing his wife secretly picking up and eating a tangerine skin, he blames himself while trying to muster the courage to live on: "What's the use of crying? Let's try to live. I should try to live. No matter what!" His escape from home is the result of such reflections. The epislatory form is a natural choice for registering his inner turmoil.

It is helpful to trace the progression of Pak's reflections to better understand this story. At first, his response to his family's plight is a simple lamentation about his own inability to save them from poverty. This is a reflection confined strictly within

그것은 "봄 풀싹같이 내 머릿속에서 점점 머리를 들었"
던 것으로 표현되고 있다. 이런 표현은 성찰의 반복 속
에서 자신과 세계를 보는 시선이 자생적으로 깊이와 넓
이를 획득하였음을 보여준다. 그 결과 그는 "우리는 우
리로서 살아온 것이 아니라 어떤 험악한 제도의 희생자
로서 살아왔었다"는 결론에 도달하게 되었다. 반복적인
성찰은 개인의 문제가 개인의 성실성 여부와 무관하게
사회와 제도의 문제와 긴밀하게 연계되어 있다는 사실
을 깨닫게 한 것이다. 그리하여 그 해결 방법도 이로부
터 나올 수밖에 없다. 즉 "최면술을 걸려는 무리" "험악
한 이 공기의 원류"를 제거하는 것, 구체적으로 'XX단'
에 가입하여 적을 물리치는 일이다.

이 문학적 항소이유서의 중심 내용은 바로 이런 성찰
의 최종적인 결론에 바탕을 두고 있다. 핵심은 '김 군'의
평결이 개인적 범주에서 가난의 문제를 해결하려는 근
시안적인 판단에 불과하다는 주장이다. 그러면서 자신
은 "양심을 가진 사람"으로서 개인적인 차원이 지니는
윤리적인 문제에 대한 고려도 완전하게 배제하지는 않
고 있음을 내세워 '김 군'에 대하여 논리적이고도 도덕
적인 우위를 은근히 보여주고 있다.

the boundary of an individual. However, as he keeps reflecting on the situation, its boundary changes. This change is described as "emerging like spring sprouts in my mind," demonstrating that Pak naturally acquired depth and breadth in his perspective toward himself and the world through repeated reflection. As a result, he reaches the conclusion: "We have been living not as ourselves, but as the victims of a brutal system." In other words, through repeated reflection, Pak realizes that his personal problems are closely related to society and the system, not just to his own sincere individual efforts. This realization leads him to resolve to fight against the real enemy by joining the "XX Group" in order to eliminate "those who try to hypnotize" the mass and "the source of this atrocious atmosphere."

The central message of this appeal letter is a result of the conclusion of Pak's reflections. Based on his belief about the true source of his poverty, Pak maintains that Kim's condemnation of him is grounded in a myopic view of poverty, which focuses on its solution by individuals. At the same time, by acknowledging his own ethical responsibility for his family as "a conscientious individual,"

흔히 「탈출기」는 마르크스 이념에 근거를 둔 프롤레타리아 문학의 선행 문학, 즉 경향문학의 대표적인 작품으로 평가된다. 그러나 이 작품 이후에 등장한 프롤레타리아 문학이 이념의 경직성, 도식성 때문에 이 작품이 지닌 자연스러운 설득력을 지니지 못하였다는 사실을 고려하면, 이 점에만 국한시켜 볼 때 문학사는 일종의 퇴보였다고 할 수 있다. 즉 현실 묘사의 핍진성, 사회적 차원에 대한 자발적 인식을 담고 있는 「탈출기」는 나중에 올 프롤레타리아 문학의 선구자가 아니라 그 자체로 완성된 단계에 도달한 작품으로 평가되어야 할 것이다.

Pak counters Kim's criticism both logically and ethically.

"Escape" is often considered a precursor to "Marxism-based proletarian literature." However, the persuasive power of later proletariat literature is inferior to "Escape" because of its ideological dogmatism and rigidity. "Escape" is thus not a mere precursor of later proletarian literature. Rather, the work deserves to be appreciated for its own worth-its vital realism, its critical social consciousness, and its affective fullness.

비평의 목소리
Critical Acclaim

최서해는 염상섭과 다른 차원에서 식민지 시대 초기의 민족 궁핍화 현상을 뚜렷하게 부각시킨다. 식민지 초기의 농민, 노동자 등의 하층민들의 빈궁상은 그를 통해서 그 문학적 표현을 얻는다. 그 자신이 심한 가난에 시달리면서, 머슴살이, 나무장수, 물장수, 도로 공사판의 노동자 등을 전전하였기 때문이겠지만, 그의 소설은 빈궁에 대한 박진력 있는 묘사로 일관되어 있다. 그의 빈궁은 부르주아지의 연민의 눈초리로 묘사된 그것도 아니며 소시민의 겁에 질린 목소리로 묘파된 그것도 아니다. 그의 빈궁은 빈궁을 있는 그대로 체험한 자의 그것이다. 그러기 때문에 거기에는 강렬한 절규가 있

Ch'oe So-hae highlights the phenomenon of national impoverishment in the early stage of colonization from a perspective somewhat different than that of Yŏm Sang-seop. The impoverished lives of the underprivileged classes like farmers and laborers during that time come alive in his literature. Perhaps thanks to Choe's firsthand experience as a servant, a woodman, a water-seller, and a construction worker, his works exhibit an incredible level of verisimilitude in their depiction of destitute lives. Choe depicts them neither through the eye of a pitying bourgeoisie nor through the eye of a petty bourgeois dreading them. Rather, he writes

다. 그의 문학의 특징은 그러므로 가난과 절규라는 두 속성을 갖는다.

김윤식·김현, 「한국문학사」, 민음사, 1973.

따라서 최서해의 문학 세계의 성격 속에는 이 땅에 있어서 일제에 의한 식민지화 직후에 있어서의 이민 문제와 그들의 삶의 실상을 가장 구체적으로 노출시키고 있는 것이다. 말하자면 당대의 커다란 사회적인 문제였던 인구 이동의 현상을 커다란 전제로 삼고, 그 속에서 빈궁한 삶을 살아가는 여러 사람들의 물질적이고 심리적인 기갈 및 행태를 재현한 것이다. 그러나 작가 자신의 체험 영역에 대한 존중 때문에 가난의 생태에 대한 현실감 있는 밀도를 보여주는 반면에, 작품이 다양성의 폭을 지니지 못하고 너무 정식화되고 있거나, 가족 내적인 혈연의 인간관계만을 다루고 있는 점 및 민족 유리의 서사화로 확대되지 못하고 있는 점은 그의 문학의 명료한 한계임을 지적하지 않을 수 없는 것이다.

이재선, 「한국현대소설사」, 홍성사, 1979.

이리해서 그는 가족과 헤어지고 아마도 독립군과 같

about them as someone who has experienced them for what they are. This is why there is poignancy to the scream heard within his works. After all, the two characteristics of Choe's literature are poverty and a scream.

Kim Yun-sik and Kim Hyeon, *History of Korean Literature* (Seoul: Minumsa, 1973)

Ch'oe So-hae's literature depicts immigrant Korean families and their lives during the period immediately following Japanese colonization. Choe's works represent the various forms of material and psychological starvation suffered by destitute people amidst the backdrop of massive population migration, which was a serious societal problem of the time. Although Choe's use of his own experience contributes to his realistic depiction of the ecology of poverty, it also limits the breadth of his works. We cannot forget to point out some limitations in Choe's works, such as their somewhat formulaic structures and confined scope of family relations that do not seem to reach an all-encompassing level of discourse on national dispersion.

Lee Jae-seon, *History of Modern Korean Literature* (Seoul: Hongseongsa, 1979)

은 행동단에 참여했으며 또 그가 글을 쓰게끔 만들어졌을 것이다. 이러한 각성과 행동으로의 뛰어듦에는 당시 일기 시작한 사회주의 운동과 계급 문학론의 은근한 자극도 작용했을 것이다. 그러나 서해는 그 이념과 운동이 지닌 도식성과 관념성에 빠지지 않고 인간애라는 근원적인 무기를 갖고 이 모순된 세계에의 도전을 시도한다. 그가 삶의 체험을 통해 얻게 되는 이 사회의 핵심적인 모순, 그것의 의식화를 통한 자기 삶의 확대, 인간을 개체적 존재로부터 사회적 자아로 비약시키는 성찰은 그리하여 우리 문학의 귀중한 자산이 되는 동시에 봉건 체제의 숙명론을 극복케 하는 근대적 인간성의 구성이란 정신사적 의미를 확인케 한다.

김병익, 「최서해의 「탈출기」—개체적 존재로부터 사회적 자아로의 발견」, 『한국 현대소설 작품론』, 문장, 1981.

This must be how he decided both to leave his family to join one of the independence armies and to write literature. He must have understood his mission and decided to devote his life to activism under the influence of the nascent socialist movement and the contemporary discourse of class literature. However, So-hae attempted this act of defying the world not through dogma and ideology but, rather, armed with his love for humanity. His works are a precious asset of Korean literature for their experience-based reflections on essential social contradictions and the possibility of transforming oneself from a private individual into a socially conscious communal subject. At the same time, they also offer a portrait of a modern individual striving to overcome traditional fatalism.

Kim Byeong-ik, "Ch'oe So-hae's 'Escape': From an Individual Being to the Discovery of a Social Self," *Han'guk Hyeondae Soseol Jakpumnon* [Discussions on Modern Korean Fiction] (Seoul: Munjang, 1981)

최서해

최서해(崔曙海)의 본명은 최학송(崔鶴松)이다. 최서해
는 필명이다. 그는 1901년 함경북도 성진에서 한방의의
외아들로 태어났다. 가정 형편이 어려워 그는 초등학교
조차 졸업하지 못하였다. 어려서부터 문학에 관심을 가
져 14세에 《학지광》이라는 잡지에 산문시 3편을 발표
하기도 하였다. 16세가 되어 가난을 면하기 위해 간도
로 건너가서 유랑 생활을 하였으며 그곳에서 결혼을 하
였다. 23세인 1923년 봄, 7년 동안 간도에서 고생을 하
며 자리를 헤매다 생활의 안정을 찾지 못하여 어머니와
처자를 거느리고 고국으로 돌아왔다. 국경 근처 어느
정거장에서 막노동을 하며 어렵게 생활을 이어 나갔다.
그러나 생활이 더욱 어려워지고 비바람에 집까지 날아
가 버려 그는 가족과 헤어지기로 하였다. 모친과 딸은
고향 성진으로, 아내는 평안도로 보내고 자신은 정처
없이 떠도는 신세가 되었다. 「탈출기」는 바로 이때의 경
험을 바탕으로 한 것이다.

1924년 17세에 「무정」을 읽고 감동해서 춘원 이광수

Ch'oe So-hae

Born Ch'oe Hak-song in 1901, Ch'oe So-hae was the only son of an herbal doctor from Seongjin, Hamgyeongbuk-do. He adopted So-hae as his pen name. Ch'oe So-hae could not finish his elementary school education due to poverty. He was interested in literature early on, and three of his poems were published in the magazine *Hagjigwang* when he was only fourteen. He moved to Jiandao in search of a better life when he was sixteen, and married there. In 1923, after seven years of wandering and suffering in Jiandao, he called it quits and returned to his homeland with his family—his mother, wife, and daughter. While barely eking out a living as a day laborer near a train station on the Korea-China border, he lost his shack to a storm. After deciding to separate from his family, Ch'oe So-hae sent his mother and daughter to his hometown Seongjin, and his wife to Pyeong'an-do. He then wandered around the country.

In 1924, he wrote a letter to the literary giant Yi Kwang-su, who he previously contacted after

에게 편지를 보냈던 인연을 기억하고 다시 서신을 띄워 이광수를 만났다. 이광수의 주선으로 양주 봉선사에 잠시 머물렀는데, 「탈출기」는 이때 쓰인 것으로 전해진다. 이 무렵, 즉 1924년 10월에 그는 《조선문단》 창간호에 「고국」이 추천되어 정식으로 소설가가 되었으며, 이후 「탈출기」「박돌의 죽음」「기아와 살육」 등의 작품을 발표하며 본격적으로 활동하였다. 1926년에는 창작집 『혈흔』을 간행하였는데, 이 작품집은 3개월 만에 재판을 찍을 정도로 인기를 끌었다. 그리고 이 해에 그동안 친분이 있었던 시조 시인 조운의 누이동생과 재혼을 하였다. 이 결혼식은 조선문단사에서 육당 최남선의 주례로 많은 문인의 축하 속에 거행되었다. 결혼 후에도 안정된 생활이 영위되지 않았지만, 「홍염」「전아사」 등의 작품을 지속적으로 발표하였다. 이후 여러 신문사를 전전하다 1931년에 《매일신보》 학예부장이 되어 모처럼 생활의 안정을 찾게 되었다. 그러나 지병이었던 위병이 악화되어 서울 관훈동의 병원에 입원하여 수술하였으나 심한 출혈로 1932년 7월 9일 영면에 들었다. 나이 31세였다.

reading and being profoundly moved by Yi Kwang-su's *Heartless*. Yi Kwang-su met with Ch'oe So-hae and arranged his stay at the Bongseon Temple in Yangju. "Escape" was written there. Ch'oe So-hae made his literary debut in October 1924, when his short story "Homeland" was published in the inaugural issue of the literary magazine *Choson Mundan*. He continued to write actively, and his short stories like "Escape," "Death of Pak Tol," and "Starvation and Slaughter" were published in succession. Choe's short-story collection *A Blood Stain*, published in 1926, was so popular that it was reprinted within three months of publication. The same year, he remarried his friend *sijo* poet Cho Un's younger sister. Yugdang Ch'oe Nam-sŏn, another literary giant of the time, officiated the wedding and many renowned authors attended. Although he was not financially secure after marriage, Ch'oe So-hae continued to write and saw many of his short stories, including "Red Blazes of Flame" and "Chŏnasa," published. After working for various newspaper companies, he was hired as the chief editor of the culture page at the *Maeil Sinbo* newspaper, finally achieving financial security in 1931. Unfortunately, he died in July of the next year due to complications during a stomach surgery. He was only thirty one.

번역 **박선영**, 보조 번역 **제퍼슨 J. A. 갸트렐** Translated by Sunyoung Park in collaboration with Jefferson J.A. Gatrall

미국 로스엔젤레스 남가주대 동아시아학 및 젠더학 부교수. 뉴욕 컬럼비아대학교에서 근대 한국 사실주의 문학 연구 논문으로 비교문학 박사 학위를 수여했으며, 저서로는 『근대 사회주의 문학사』(하버드대학교 아시아센터, 2014, *The Proletarian Wave: Literature and Leftist Culture in Colonial Korea 1910-1945*)와 번역집 『만세전 외 근대 중단편 소설 선집(코넬 동아시아 시리즈, 2010, *On the Eve of the Uprising and Other Stories from Colonial Korea*)를 출간한 바 있다. 현재는 한국 근현대 문학과 시각 문화에 나타나는 판타지 문화적 상상력과 대항문화의 역사적 관계를 살펴보는 연구서를 집필 중이다.

Sunyoung Park is associate professor of East Asian languages and cultures and gender studies at the University of Southern California. Her research focuses on the literary and cultural history of modern Korea, which she approaches from the varying perspectives of world literature, postcolonial theory, and transnational feminism and Marxism. Her first scholarly monograph, *The Proletarian Wave: Leftist Literature in Colonial Korea 1910-1945* (Harvard University Asia Center, December 2014), examines the origins, development, and influence of socialist literature in Korea during the colonial period. She is also the editor and translator of *On the Eve of the Uprising and Other Stories from Colonial Korea* (Cornell East Asian Series, 2010). Her current research interests center on fantastic imaginations in modern and contemporary Korea with focus on the political relevance of utopian fiction, sci-fi and cyber-fiction.

미국 뉴저지 몽클레어 주립대학교 러시아학과 부교수. 컬럼비아대학교에서 러시아 문학 및 비교문학 박사 학위를 수여했으며, 저서로 『The Real and the Sacred: Picturing Jesus in Nineteenth-Century Fiction』(현실과 신성: 19세기 러시아 소설에 나타난 예수상, 미시간대출판사, 2014)와 더글라스 그린필드와 공동 편집한 『Alter Icons: The Russian Icon and Modernity』(제단의 성상들: 러시아의 성상과 근대성, 펜실베니아 주립대 출판사, 2010)이 있다. 이외에도 도스토예프스키, 체호프, 톨스토이, 레르몬토프, 프루스트, 니콜라이 게, 루 월리스 등 많은 작가와 화가에 대한 연구 논문을 발표한 바 있다.

Jefferson J. A. Gatrall is Associate Professor of Russian at Montclair State University. He is the author of *The Real and the Sacred: Picturing Jesus in Nineteenth-Century Fiction* (University of Michigan Press, 2014) and has also co-edited with Douglas Greenfield *Alter Icons:*

The Russian Icon and Modernity (Penn State University Press, 2010). His other publications include essays on writers and painters such as Dostoevsky, Chekhov, Tolstoy, Lermontov, Proust, Nikolai Ge, and Lew Wallace.

바이링궐 에디션 한국 대표 소설 088

탈출기

2014년 11월 14일 초판 1쇄 발행

지은이 최서해 | **옮긴이** 박선영 | **펴낸이** 김재범
기획위원 정은경, 전성태, 이경재
편집 정수인, 이은혜, 김형욱, 윤단비 | **관리** 박신영 | **디자인** 이춘희
펴낸곳 (주)아시아 | **출판등록** 2006년 1월 27일 제406-2006-000004호
주소 서울특별시 동작구 서달로 161-1(흑석동 100-16)
전화 02.821.5055 | 팩스 02.821.5057 | 홈페이지 www.bookasia.org
ISBN 979-11-5662-049-5 (set) | 979-11-5662-062-4 (04810)
값은 뒤표지에 있습니다.

Bi-lingual Edition Modern Korean Literature 088

Escape

Written by Ch'oe So-hae | **Translated by** Sunyoung Park
Published by Asia Publishers | 161-1, Seodal-ro, Dongjak-gu, Seoul, Korea
Homepage Address www.bookasia.org | **Tel**. (822).821.5055 | **Fax**. (822).821.5057
First published in Korea by Asia Publishers 2014
ISBN 979-11-5662-049-5 (set) | 979-11-5662-062-4 (04810)

바이링궐 에디션 한국 대표 소설

한국문학의 가장 중요하고 첨예한 문제의식을 가진 작가들의 대표작을 주제별로 선정!
하버드 한국학 연구원 및 세계 각국의 한국문학 전문 번역진이 참여한 번역 시리즈!
미국 하버드대학교와 컬럼비아대학교 동아시아학과, 캐나다 브리티시컬럼비아대학교 아시아
학과 등 해외 대학에서 교재로 채택!

바이링궐 에디션 한국 대표 소설 set 1

바이링궐 에디션 한국 대표 소설 set 2

금기와 욕망 Taboo and Desire